詩集

白い虹

向井千代子

青娥書房

詩集　白い虹

向井千代子

もくじ

白い虹

単純な風景　6
シスレーの風景　9
穴　12
猿島　五月　16
トンビの樹　20
岬にて　23
洞窟　27
虹のある風景　30
白い虹　33
物語る森　36
足跡　39
透きとおる　水色の　42

まだだ（Not Yet）　45
春の夕暮　48

捧げる詩《うた》

水鳥の舞―徳光加与子さんの舞踏に捧げる―　52
二億年前の石―海野和三郎博士に捧げる―　57
石笛《いわぶえ》―鎌田東二氏に捧げる―　60
妖精の踊り―井村君江氏に捧げる―　64
フレデリックの青空―長屋のり子さんに捧げる―　68
深紅の虹―澤野新一朗氏に捧げる―　71
花束を持つ少女―杢田たけを氏の絵に寄せて―　74
青のために―塩路明子さんの絵に寄せて―　77
賢者―清水玄太作「賢者」に寄せて―　81
雪が降る―宮川未都子さんの絵に寄せて―　84
漂泊―五島三子男氏の銅版画「漂泊」に寄せて―　87
額―五島三子男氏の写真に寄せて―　90

祈りの花

いのちの洗濯　94
サン・キャッチャー　96
沼の底　99
ラクリモーサ（ちいさきいのちのために）　102
パブロ・カザルスの「鳥の歌」　105
冬の雨　108
巻き戻す　110
佇む　113
ほぐれる　116
開花　118
そよぐ　120
ヘクソカヅラ　123
祈りの花　126
こころは　128
初出一覧　131
あとがき　134

白い虹

単純な風景

起伏なす緑の草原
白い雲と青い空
弧を描いてゆるやかにつづく
一筋の白い道
草に寝そべる茶や白の牛たち
農家の窓辺は花の鉢で飾られ
列車はゆっくりと走ってゆく

昔　絵本の中で見かけた情景が
今　ここにある
牧場の動物が馬に変わっても同じこと
ここにも同じ人間が暮らしている

言語が変わろうとも
変わらない人の暮らし

他に何を希もう
平凡で　単純で
のどかで　やさしくさえあれば……

すっきりと幹を並べる針葉樹
水辺には白樺、柳、ポプラ
白壁に赤い屋根
クリーム色の壁にチョコレート色の屋根
家々の点在する
緑の景色の中を進んでいく

人間の犯した罪や様々の争いごと

略奪や戦争の記憶を
地の底深く沈めて
オーストリアの草原を
列車はひたすらに
走りゆく

シスレーの風景

雨あがりの朝
シスレーの風景がそこにある

雲の浮かぶしずかな空
風はなく
道路の水溜りに
雲と空が映る

空中には湿り気が満ち
季節は冬に向かっている

ため息が流れる

恵まれて育ったシスレー
数々の画家を援助し
自分の才能にも自信を持っていた
はずなのに
気がつけば
絵は売れなくなり
生活はきつくなる一方だった

彼の絵は
その上に絵を描くためのキャンバスとして売られ
彼より才能のない画家の絵具で塗りつぶされたと言う
失意のうちに死んでいったシスレー

だがシスレーよ

あたたかく
おだやかで
しずかな
水を含んだ
あなたのまなざし

あなたの絵が好きだ

＊アルフレッド・シスレー。フランス印象派の画家。

穴

ぽかりと開いた穴
寒々とした黒い穴
深く鋭く切れ込んだ穴
細長く剃刀で切ったような穴
地面にたくさんの穴が開いている

胸の奥底に
穴があることを隠して
人は生きる
時々胸の穴を風が通って
ひゅうひゅう音を立てることがあっても
知らん顔をしている

その穴が
蟻か何かの巣になっていて
そこから蟻なんぞが
ぞろぞろ這い出してきたとしたら
どうなるだろう

丸い穴
四角い穴
細長い穴
たくさんの穴が開いているけれど
取りあえずは素知らぬふりをして生きる

穴にさびしい風が吹き込んで
虎落笛《もがりぶえ》めいた音を立てることもある

それは不思議な瞬間だ

穴が個性を持って
人々に働きかけようとしている
とすれば
穴はただの穴ではないだろう

穴は穴であることによって
いつの間にか哲学者のように
考え深くなっている

穴は考えた
何故自分は穴であるのだろう
何故自分は穴に生まれついたのか

穴は何もわからないままに
穴として周囲の者に
何かを伝えようとしていた

猿島　五月

切通しの上から
鶯の声が降ってくる
ゆるやかな坂がカーブして
その先には
戦時中に作られた
レンガ造りのトンネルがある
トンネルに入ると
闇の向こうに緑が見える

緑の季節の真ん中を
若者たちが次々と行き過ぎる
さわやかな風に吹かれ

トンネルをくぐると
時間のトンネルも一緒に通り過ぎて
振り返れば
若い日の自分がいる

もう一度トンネルをくぐり
坂を下ると
男が一人
素足ですっと立って
片手ずつ天に向かって差し伸ばし
天から降りてきた梯子を
登るようなしぐさをしている
やがて男はぽんと地を蹴って
木道を囲む欄干に飛び乗る

猿顔負けの俊敏さで
男は踊る
朗々たる朗読の声に合わせて
時間を超えて
空間を越えて
天とのつながりを
回復しようとしている

踊りがことばか
ことばが踊りか
判別不能のからみ合い

今　猿島は五月
透き通った青空の下
鶯が鳴き

鳶が笛を吹いて
緑の炎と白い雲とが踊りたわむれる

＊猿島は神奈川県横須賀沖合いにある無人島。

トンビの樹

小高い山の上に
一本の大きな樹がある
朝早く　トンビが一羽
枝にとまりにやってくる
トンビからちょっと離れた枝に
小鳥が一羽やってきて
ひとしきり囀り
やがて去ってゆく

空は青く
風はない
別のトンビが

高いところを旋回しながら
ピーヒョロロと歌っている
下の藪では鶯が啼いている

トンビは
枝を離れて
去ってゆく

樹はトンビのためにあるのか
トンビは樹のためにあるのか
誰も知らない

誰も知らないが
毎朝
同じ樹に

同じトンビがやってくる
残された樹は
さびしさの中に
ぽつんと立っている

岬にて

祝津港の白鳥番屋近く
岬の上に小さな燈台がある
湾の方から登ってゆくと
ハマナスがわずかに咲いている中に
たくさんのオオイタドリがあって
葉裏にはびっしりと黒い毛虫
主にハマナスの葉を食べる毒虫だと言う

地球温暖化の影響で
近年増えた毒虫のために
北海道のハマナスは絶滅の危機にあるとか

葉裏だけに収まらず
あちこちを這いまわっている
砂利場を登り終えて道に出ると
コンクリートの柵にまで
黒い毛虫

触らぬ神に祟りなしとばかり
触らぬよう　気をつけて登る
登りつめた先の燈台の入口には
進入禁止の鎖
それでも
北の海は眼前にある
大きく伸びをする

突如　傍らにいた人が

海と空に向かって吠える
ウオー　ウオー
ウオオーン
狼の遠吠え

毒虫の脅威と
狼の声に彩られた六月の岬
北の岬で蘇った狼の咆哮は
生物の始原へと続く
野生の呼び声

人間たちのために
脅威にさらされる自然からの
悲鳴にも似た叫び
人間の内なる自然からの訴え

魂の叫び

私たちは人間であり
自然でもある
自然と人間が共に住めぬ地球ならば
私たちが滅びたほうがいい

私たちの内なる狼を解放せよ
狼の声を発せよ
私たちの自然を取り戻せ

洞窟

強い日差しから逃れるように
山際に開けた洞窟へと入って行く
入口は頭がぶつかりそうな低さだが
中に入ると天井はずっと高い
横に広がった大きな洞窟
思いのほか明るく
大きな貝の中に入ったかのようだ

砂まじりの床を踏みしめてなおも先へ進むと
なだらかな丘状になっていて
丘を下ったところに水が湛えられている
水はどこまで続いているのか

洞窟はどれほど深いのか
ふり返って外を見れば
真昼の光が溢れ
熱帯の葉の茂りが見える

丘に腰を下ろして
闇に向き合う
漆黒の闇ではなくて薄明の闇
ひたひたと闇と薄明との間を行き来する水
水の深さは測りかねる
奥へ奥へと探検したいという欲望はない

何十万年前の昔そのままに
原始の人々の横顔が浮かぶ

この場所は彼らの住まいだったかもしれず
また　儀式の場所であったかもしれない

広い砂まじりの地面には
彼らの記憶が吸いこまれている
目をつむり
幻想に身を委ねる

虹のある風景

雨あがりの七月
緑一面の田の原
雲に覆われた白い空に輝く
白い太陽
田中の一本道を
自転車で走っていると
虹の気配を感じる

見えないけれど
虹の気配が濃い
背後から
虹に見られている

体全体を虹に包まれている
虹の香りさえする

眩しいような
眠気を催すような
空気の中
ひたすらに進む

虹は遠くから
わたしを見ているかと思えば
近くに寄り添って光っている
もとの虹色を消して
白く輝く不思議な虹

涙ぐましい努力ではなく

力の抜けた
すべてを誰かに明け渡した
そんな放棄の姿勢から
生まれた
虹のある風景

白い虹

紅い虹の写真は見たことがあるが
白い虹もあるという

白い虹
七色の全部の色が合わさってできる白
白い虹を作り出すのに
どんな偶然
どんな奇跡が必要だったのだろうか

生涯いのちを懸けて
同じ一つのことを達成しようと
努力に努力を重ねた人が

その生涯を閉じようとした時に
与えられるにふさわしい虹

「よくやったね」
とでも言うように
空に大きくかかる白い半円

その虹を見たとき
人はどう感じるだろう

生きてきた時間のすべてが
逆流して押し寄せるような
めくるめく時に身をまかすだろうか
それとも
ただ単に圧倒され

神に感謝の祈りを捧げるだろうか

白い虹を見たことはないけれど
その虹の話を聞いたときから
朝空にかかる白い虹の映像が
胸の内から　ほのぼのと
微笑みかけるようになった

物語る森

うっそうと生い茂る森
森の小道を行く人影
さわさわと風に枝々が揺らぎ
木の葉がささやく

森を行くわたしたちは
木の葉のさざめきの中に
語られる物語に耳を傾けている
太古の昔から

それはわたしたちの心が作り出す
迷い、夢、願望、揺らめき

どんな名前で呼んでもよいが
「嘘」と一言では片付けられない
「真」とも言えないが
「嘘」と「真」の間にある一つの稀有な果実
でもあるような　そんな物語

物語が消える日があってはならない
物語を支える
人々の願いがある限り
物語はまた新しく生まれ出るだろう

今日も物語を紡ぎ続けよう
心の奥底に湛えられた
深い泉、遠い過去を信じよう
迷妄と偽善と虚偽とに溢れる

この世界に少しでも対抗しよう

うっそうと生い茂る森
森の中をたどる
幾筋もの小道
小道が交差して
あるいは合体して
またまた新しい小道を作る

足跡

砂丘を歩く
朝の砂丘には誰もいないけれど
風紋の上には足跡が残っている

親指の跡がくっきりと残っているもの
運動靴の跡　サンダルの跡
それぞれがそれぞれの道筋を作って
砂丘を上り下りしている
ところどころに
白い骨のように突き出ているのは流木

「自分の足跡《そくせき》を残せずに

この世を去っていくとき
人はどんなふうに感じるのだろうか」と
考えたことがあったが

今　砂丘に立って考えてみると
そんなことは大したことではない
この世界そのもの
この自然そのものが
ひとつの奇跡であった

砂丘の向こうには静かな海
浜に砕ける波の音
背後の山から鶯の声

人は生きそして死ぬ

さまざまな足跡を残して
その足跡もやがてすっかり消えて
後には風紋のみが残るだろう
海の色が微妙に変わってきた

透きとおる　水色の

透きとおる
水色の
空
冬の真昼
はるか遠くまで
つづく空

芒の穂を映す
水面
空と向き合い
見つめ合う水面
水鳥の影を映して

とどまりつつ流れゆく
水

かつてわたしも
水だった
空だった
物言わぬ器だった

今　わたしは
物を見つめ
書きとめ
言い尽くしたいと願う

透きとおる
水色の

颪

鳥のように
羽ばたき
遠くへ遠くへと
飛び立とうとする
颪

まだだ（Not Yet）

Ｅ・Ｍ・フォースターの
『インドへの道』の最後で
大地は人間たちに言う
「いや、まだだ。」
空は言う
「そこでは　まだだ。」
その単純な否定の言葉が
今　わたしを打つ
「いや、まだ、まだだ。」

夏の日盛り
風が過ぎる

遠い青田の上を吹いてきた風だ
稲田の上を吹く風が
次々と
白波めいた模様を
緑の海原の上に創ってゆくように
否定の言葉が次々と裏返る

「まだだ」とは「もうすぐ」のこと
「もうすぐ終着点」という可能性の証し
「まだだ」「まだだ」の響きが
風に高鳴る風鈴の音になる

空の果てには
もくもく　入道雲

夕立と雷の到来の可能性を秘めて
大きく首をもたげる

＊『インドへの道』はイギリスの作家、Ｅ・Ｍ・フォスターの小説。

春の夕暮

風は窓ガラスを鳴らし
柔らかな西日は
瓦屋根を　壁を
金色に染めあげる

晴れ渡った薄青の空は
地平に近づくにつれて
ベージュ色からみかん色
そして朱鷺色へと変わってゆく

軽やかなピアノ音が
泉水のように湧き出でて

一羽の鳥が西空へと飛んでゆく
しっとりとした時間が流れる

その数分の
しめやかな時間の中を
遥かな記憶の残り香が流れ
わたしを包み　慰め

「いま　ここに
　すべては許された」
と告げる

永遠に一番近い
春の夕暮

捧げる詩《うた》

水鳥の舞——徳光加与子さんの舞踏に捧げる——

白い打ち掛けをはらりと纏って
一人の女が踊る
パブロ・カザルスの最晩年の演奏
「鳥の歌」に合わせて

それは
水鳥の舞
鶴か　鷺か　白鳥か
軽やかに舞う

震える羽先
伸ばした首

白い鳥は
哀しみを内に秘めて舞う

軽やかな舞の中に
ひたひたと
宿命のように忍び寄る
不吉な影

女が仰け反ると
一瞬それは
白鳥に身を変じたゼウスに
凌辱されるレダに見えた
嫋　嫋《じょうじょう》と流れるチェロの調べ
小島に吹き渡る

十一月の凪
寄せては返す波

女はまた
時折羽を震わせながら
溜息をつく

天を恋うかのように
高く羽を伸ばし
激しく羽を打つ

波音が高まり
凪が激しくなる

と

女は消え
鳥の姿のみが残る

鳥は大きく羽を広げると
天を目指して飛び立ってゆく

残された静寂《しじま》の中で
人々は気づく
そこにいたのは
鳥の精霊であるのみならず
鳥と化した大地の女神であったことに

浅はかな知恵を振りかざして
株・マネーゲームといった
虚構の上に文明を築き

地球を凌辱し
瀕死の状態にまで追い込んだ
我々の
青黒い罪の数々への無言の告発

夕方の冷たい風が
すっぽりと
島を包んだ

（2011年、11月3日　猿島にて）

＊徳光加与子さんは大野一雄氏の流れを汲む舞踏家。

二億年前の石―海野和三郎博士に捧げる―

オーストラリアのとある海岸には
潮が引くと
サザエや鮑に混じって
数億年から数千万年前の石がごろごろしている
　と言う

どうして　そうとわかるのですか
　と問うと

その時代に生えていた植物の化石なのだ
その時代の植物特有の縞模様があるのだよ
見たまえ

これは二億年前の石だよ
ぼくが四〇年前に拾って自分で磨いたものなのだ
　と言いながら
八〇歳を越えた天文学者は
紐ネクタイを留めている石をはずして見せる

茶色の縞模様の入った石が
掌の中でなめらかに滑る

ほう、これが……
これは昔どんな木だったのだろう
それとも草だったのだろうか
太古の植物群の繁茂の中を
巨大なトンボが飛んでゆく
大きな蛾がゆらゆらと行く

怪鳥の奇声が耳奥に聞こえる
わたしの中の古代の記憶が呼びさまされる

再びなめらかな石の表面を撫でる
撫でるたびに
こころの奥の湖に水の輪が生まれる
中心から外へ
中心から外へと
輪が広がる

＊海野和三郎氏は埼玉県出身の天文学者。元東大教授。
詩を書いた当時（２０１０年）はＮＰＯ法人東京自由大学学長。

石笛《いわぶえ》――鎌田東二氏に捧げる――

神が「光あれ」と唱えるより前の
原初の闇の中に石笛の音が響いた
世界はまだ混沌としており
生物たちの姿も溶鉱炉の中の
溶けた金属のように不分明であった
どろどろしたマグマが地球を覆い
闇は深かった
闇を切り裂く石笛の音
それを吹いたのは誰か
風か　神か　悪魔か

石笛の音に誘われて

闇に一つの罅《ひび》が入った
その罅が縦に天地を貫いて
闇の奥から細い一筋の光がやってきた
天地の初めにあって
光は闇の胎内から生まれたのだった
きっかけを作ったのは石笛
自然のマグマの間から偶然に生まれ出た
奇跡の笛

やがて地上に生命が誕生し
巨大な植物が森を作り
恐竜が闊歩し
恐竜が滅びかけた頃になって
人類の祖先たちが生まれた
狼の呼び声に震えながら

洞窟の中で生活していた
そして彼らはある日
貝殻を拾っていた　とある海岸で
石笛を拾った

波に削られて
丸みを帯びた三角形の一隅に
穿たれた三つの孔《あな》
思わず唇を当て
息を吹き込むと
鋭い音を発した

狼の呼び声にも負けない声を発する
その笛
月に向かってまっすぐに飛んで行く矢のような

その音
祖先たちはそれから
毎夜毎夜
焚き火を囲んで
石笛を聞くようになった

＊この詩は鎌田東二氏の吹く岩笛に寄せて書かれた。
宗教哲学者鎌田東二氏は詩を書いた当時東京自由大学理事長。

妖精の踊り——井村君江氏に捧げる——

夏至の夜
木々の間に開けた草地で
シャムロックの葉をつけて夜通し踊る
寄り添う妖精はパックかエアリエルか
木々の陰から　水辺から
草間から現われ出でて
妖精の祭りを祝っている

妖精たちは陽気に踊っているけれど
その底に悲しみを抱えている
与えられた天地に住みながら
そのことを知らず　感謝せず

主人顔で地上を跋扈し
破壊し
汚染する
人間という魔物のような種族の行為に
戸惑い　怒り
辿りついた先の悲しみ

野山の減少と共に
妖精の種族も減った
空気と水の汚染と共に
死滅した種族もいる
せせらぎに住んでいたナイアッド
森に棲んでいたドライアッド
河童も座敷わらしも
今では少数種族

それでもこの一夜
妖精たちは踊る
妖精を信ずる若い人々と共に
妖精の復活と
地球の自然の再生のために
ひたすらに
祈りを込めて踊る

月の光を露のように浴びて
一番短い夏の夜に
長い　長い
地球の過去と
未来を思いつつ
踊る

＊井村君江氏は英文学者、特に妖精研究家として知られる。

フレデリックの青空—長屋のり子さんに捧げる—

青空にミモザが燃える
ねずみの詩人フレデリックは青空を恋う
手を伸ばしても届かぬ、と思える青空
青空は空気だから
すでに届いているというのに
届いているという感触がない
無抵抗の青空

青空と一緒に暮らしていながら
フレデリックはどこかさびしい
青空に触れていながらさびしい
どうしてなのかな

フレデリックは土を掘る
黒い濡れた土を掘る
フレデリックは掘る
掘る

黒い土の中から
長い間溜め込んださびしさが
蒸発する
春の香りが立つ
そのとき
蒸気とともに
青空が
フレデリックの胸を満たす

もうさびしさはない
春だ
湿った土がほっくりと息づく春だ
青空に包まれた春だ

＊フレデリックはレオ・レオーニの絵本『フレデリック』の主人公。
「小樽詩話会四十六周年記念号」掲載の長屋のり子作「巣穴」に触発されて書かれた。

深紅の虹——澤野新一朗氏に捧げる——

雨上がりの
南アフリカの大地
壮麗な夕陽に見とれていたあなたは
突然背後に鋭い気配を感じた
振り向くと東の空に虹が立っていた
クリムソンの虹だった
夢中でシャッターを切った

「星の王子様のように
　君は目に見えないものを撮る写真家になれよ」
と　親友に言われてから
あなたの撮る写真は目に見えるものを通して

目に見えないものを追う旅と化した
南アフリカの荒れ野に咲く
楽園の花を求めて
旅を重ねた

出会いが出会いを生み
あなたは天と地と
花と木と草
そして人間と出会った

そして今日
紅い虹と出会った
虹は天と地の架け橋
見えるものを通しての
目に見えないものからのメッセージだった

虹の下で
あなたも
もう一つの虹となって
シャッターを切り続けていた

＊澤野新一朗氏は写真家。
南アフリカのナマクワランドの写真集『神々の庭』を出している。

花束を持つ少女―杢田たけを氏の絵に寄せて―

時は六月
白い花の咲き乱れる北海道の草原
中央に丸い湖があって
ほとりには三本のポプラの樹
湖にくっきりと姿を映している

花摘みを終えた少女が
花束を両手に抱えて
青空を見上げて
祈るように佇んでいる

聞こえるのは歌声か

小鳥の声か
それとも
広い野をわたってきた風の歌か

少女がほっと一息ついて
空を見上げた
その一瞬の時を
永遠として
小さな額縁に閉じ込めた

その画家も
この世から立ち去り
絵だけが残された

少女は画家の娘だろうか

あるいは
画家の初恋の乙女の面影だったのか

誰も知らないままに
人から人へと手渡されて
一枚の小さな絵が今ここに存在する

＊杢田たけを（１９１０〜１９８７）作「水辺」（油彩ミニアチュール）に寄せて書かれた。

青のために——塩路明子さんの絵に寄せて——

青空から降ってくる
一枚の羽

天の世界を舞っていた
歌鳥の落とした羽だろうか
天使の羽の一部だろうか

青の中からやってきた
青い羽
ひらひら
きらきら

羽が
小鳥と化して
音のない歌を歌う

わたしがわたしであるために
あなたがあなたであるために
ほんの少しの言葉で
苛立ったり
悲しんだりする日々が続いていたが

少しずつ
波立ちがおさまり
まっすぐに
空や木を眺められるようになった

時という見えない舟に揺られながら
波の作るリズムを楽しみ
空の描く雲の模様を味わっているうちに
やっと今
すべてを許せる気持ちになった

ブルー・イン・ブルー

青色のために
青い
空気と
花と
海
青い水の惑星のために

今
ここに
一枚の羽が
届けられた

＊塩路明子さんは画家で詩人。
２０１７年７月まで横須賀の浦賀湾で「時舟」という画廊を開いていた。
明子さんの *For Blue* と題する絵に寄せて書かれた。

賢者─清水玄太作「賢者」に寄せて─

庭の芝生の一隅に
「賢者」と題する石の彫刻が置かれている
高さ四〇センチほどの四角い石
刻まれて
膝を抱えて座る少年のようだ
少し伸びた雑草混りの枯芝の中に
埋もれるように座っている

何故にこの石は
「賢者」と名付けられたのか
石が安山岩と聞かされたので買った

私の故郷は安山岩の産地
家業は石屋
石垣や石段、建築用の切石を作っていたが
途中から機械化して砕石屋になった
たくさんのダンプが行き来する
慌ただしい石屋になった
東北自動車道にも我が家の石が入っている

「賢者」は今
冬の日差しを浴びて
物思いに沈んでいる
何を考えているのか
何か素晴らしいアイディアでも浮かんだのだろうか

地震や津波、原発事故以来
元気の無くなった私たちに
何か元気の出る贈り物をしてくれるといいのだが

少年の姿をした「賢者」は
芝生にゆったりと腰を下ろして
日の沈むのを見送っている

＊清水玄太氏は彫刻家。
宮城県白石に住み、白石の安山岩を使った作品を作っている。

雪が降る——宮川未都子さんの絵に寄せて——

青い空気の漂う
森の中
来る日も来る日も
雪が降る
昼も夜も
雪が降る

窓辺に座って
バルコニーに降りかかる
雪を見つめながら
編み物をする
少女

雪に閉ざされて
音が消え
時間が消える
編み針の先に
覗き込む
夢の世界

森の奥には
廃墟と化したお城があって
城の窓辺には
老女が独り

雪が降る
白い雪が青い雪に変わり

雪が降る
繭の中の蛹のように
ひたすらに待つ
変身のときを

＊宮川 Chapa 未都子さんは北海道出身の画家。

漂泊―五島三子男氏の銅版画「漂泊」に寄せて―

人生は旅
そんなことは分かっている
わかってはいたが
この地点まで来てみると
もうすでに終着点も近く……

空を漂う雲
水に浮かぶ花びら
宙を舞う枯葉
波に運ばれる流木

漂泊はわたしの憧れ

行くところなく彷徨いたい
野垂れ死にを覚悟の旅をしたい

漂泊の思いで
人生を生きる人は
よほど正直な人だ
自分をごまかす術を知らず
まっすぐに
嘘のない人生を選び取った人だ

孤独のうちに彷徨う魂
白く閉ざされた森の中で
道に迷い

いのち絶えること

そんな幸せがまたとあろうか
そんな自由がまたとあろうか

＊五島三子男氏は横須賀在住の画家。

額——五島三子男氏の写真に寄せて——

浜辺に立つ大きな額
縁には海岸に流れ着いた
雑多な海草がまつわりつき
額に囲まれた四角は吹き抜けである

四角く切り取られた
背後の海
青空と打ち寄せる白波
白い帆
凪いだ海は
早春の気配を漂わせている

額が置かれ
空間が切り取られることによって
何かが起こる

額の傍らには影がある
影があることによって
額の立体が強調される

額という存在が立ち上がり
世界に立ち向かう
一つの意志を備えた
力強い存在になる

屹立する額

額は
世界の風景に向かって開かれた
目である

祈りの花

いのちの洗濯

何の予定もない空白の一日
片付けもしないで
いのちの洗濯をする

音楽を聴き　詩を読む
さくらんぼの実をつまみながら
長椅子に横たわる

「俺の人生は何だったのか
　無だ　無だ…」とは
連れ合いの決まり文句

時の経つのはあっという間
気がついてみればもう後期高齢者
それでもまだ生きている

生きている限りいのちはある
死んだ先にもあるかもしれない

猫のように
ぼんやりと過ごす何もない一日

あなたもない
わたしもない

陽だまりに広げ　乾す
洗いたてのいのち

サン・キャッチャー

朝　カーテンを引くと
冬の日をすかさず捉えて
カーテンレールに下げたサン・キャッチャーが
壁に　ベッドの上に
赤　緑　黄　青の　丸い小さな虹を散らす
ノートの上にもプリズムが踊る

緑のガラス玉が揺れると
楕円形のプリズム模様のシャボン玉が
交錯して部屋中を遊びまわる
天井や床を駆け回る光の子供たち

ペン先を行き交う
とりわけ大きなプリズム

思えば人そのものがサン・キャッチャー
あなたの光
彼の光
彼女の光を瞬時に捉えて
その心をすばやく映し出す
わたしの行動　わたしのことば

光がある限り
いつまでも続く
反射と反応
光から光へと伝わる共同作業

光は束の間のもの
いのちも束の間のもの
今　この一瞬を生きる

沼の底

十一月の冷え冷えとした朝は
沼の底に居る気分

沼底の薄明の光
もやもやした薄い
泥色のヴェールに包まれて
夢をみる

沼底では何もかもが間接的だ
物音も　光も
温かさも　冷たさも
間にある何かを通して伝わってくる

鈍いと言われようが
まどろっこしいと言われようが
隔靴掻痒と言われようが
沼底の住人にはこの間接が心地よい

住人はめったに
沼の面に出てこない
もわっとした泥の中で
大かた何もせずに暮らしている

春夏秋冬　朝昼晩
春夏秋冬　朝昼晩
沼の上で時が巡り
天空が巡り　風が渡る

それでも
置いていかれたとは思わない
沼底には平和がある
しずけさと安らかさがある

沼底で少しずつ変わってゆく
上昇志向から下降志向へ
動くことから留まることへ
何もかもが今までとはちがう

ラクリモーサ（ちいさきいのちのために）

バイオリンの
啜り泣きが流れ
弦の調べに乗って
小さな魂たちが
部屋の空間に立ち現われる

白黒斑のポインター、タロウ
黒に白のちょっと混じった雑種犬、ミロン
ルリコシボタンインコのオットー
ふさふさとした茶色い毛並みの犬、マル
腰が立たず悲しげな眼をしたユリ猫
猫に襲われて食べられてしまったカナリア

幼な児に投げられて死んだ黒いチビ猫
これまで見送ってきたたくさんのペットたち

涙の中に浮かぶ
ちいさないのちたちよ
小さくても
大きくても
いのちはいのち
ひととき燃えてやがて消えゆく

ちいさないのちたちに
案内されて
粛々と歩いてゆく
時の回廊

彼らを愛していたと思っていたが
実は彼らに愛されていたのだった
闇を背景に
吹き上がるいのちの噴水
つぎつぎと吹き上がっては
沈んでゆくいのちのうつくしさ

＊ラクリモーサ（ちいさきいのちのために）　助川敏弥作曲。

パブロ・カザルスの「鳥の歌」

ゆるやかな弦の調べ
合い間に　カザルスの声
歌声か　うめき声か
そのまた合い間に
永劫の時間《とき》が流れる

と思ったら
拍手の音が聞こえて演奏が終わる

ああ　何ということか
永劫を包みこむ　この曲が
こんなにも短い曲であったなんて

まるで人の一生のよう

（もう一度聴く）

ピアノに続いて
チェロが唄いだす

青空
山々
凪
雲が流れる

カザルスが声を上げる
鳥と化したカザルスは
翼を広げ

翔び立つ準備を整える
うち震えるピアノ音に乗って
鳥は空に消える

拍手に続く
深い沈黙

（3分22秒の演奏が終わる）

冬の雨

ぼそぼそと雨がつぶやく

長い年月を生きてきて
今になって分かったことがある
泣いたことも笑ったことも
この胸に刻まれて
今　丸い雫の形となった

怒ったこともある
恨んだこともある
雹となり
霰となり

雪となって
荒れ狂ったこともある
あれもこれもすべて過去のことだ

しみじみと雨が語る

わたしは今のわたしが好きだ
小さくなって地面に沁みこみ
地下水となって流れ
やがて地表に出て
ふたたび天を目指す
この循環がわたしの性《さが》だ
この循環をわたしは楽しむ

深々と雨が沁みいる

巻き戻す

今朝は朝から片付けに忙しい
床が見えなくなった部屋から
出るは　出るは
たくさんのゴミ
たくさんの過去

片付いてゆくにつれて
少しずつ時間が巻き戻される
若返ったわけではないけれど
溜まっていた時間の滓が
緩んでいたゼンマイが戻るように
巻き戻されて

なにやら脳の中がすっきりとしてきた

残されたこの世の猶予期間を
頭の片隅に置きながら
ひとつひとつ
片付けてゆく
巻き戻してゆく

あまり早く
片付けが終わるともったいない
ゆっくり
ゆっくり
時間のネジを巻き戻し
時間の細部を埋め戻す
少しずつ

少しずつ
わたしがわたしに戻ってゆく

佇む

立春の朝
庭木に来た小鳥を見詰めて
佇む
頬白だろうか　目白だろうか

佇む
これまで何回となく繰り返してきた動作
佇むのは何のため

幼い頃
降りしきる雨の中
井戸のそばに立つ白い槿の花を見詰めて

佇んでいたことがあった

佇むとき
人は眼に見えるものを見詰めているだけではない
自分の中に朧に残る
遠い昔の
半ば忘れられた　記憶の底を
探っているのだ

小鳥は我が家の庭から
隣家の薔薇の枝に移って
やがて　姿を消した
残された私は
佇む

来し方
行く末　というものは
遠くから差してくる光
その中央に
立春の陽がある
日差しを浴びた木々の作る影

立春の　影の
美しさに見入りながら
ふたたび
佇む

ほぐれる

早春の午後の光の中
ほぐれゆく
梅の花
クロッカスの花

花と共に
ほぐれゆく気配がある

山奥の小さな沼の岸に
ひたひたと
波が打ち寄せ
波打ち際の渚を

一羽の小鳥が歩いている

涙でもない
感動でもない
一番近いのは
許し
あるいは
恩寵

積年のわだかまりが
薄氷《うすらい》のように融けて
波打ち際を歩いている

開花

今まさに開こうとしている
サーモンピンクの薔薇

こころもち開きかけた唇に似た
花びらの中心の襞々は

天に向かっての問いかけの
一瞬前の姿

中心は濃いピンク
周辺はベージュがかったピンク

太陽に向かって
茎と一緒に背伸びする
あなたは開花の時を待つ
一輪の薔薇

そよぐ

風にそよぐ
紅いスモモの葉
柔らかく細かいフェンネルの葉
青い矢車草の茂み

さやさや
過ぎゆく風に
くすぐられて
こころの表面が泡立ち
さざ波が広がる

早苗のそよぐ

田の畦道で
勝ち誇ったように
雉が啼いている

遠いまなざしで
心の襞の奥をのぞきこめば
若気の至りの痛みの記憶も
今は淡い思い出と化している

髪を
木々を
草を
あれやこれやの思い出を
しめやかにそよがせながら

何事もなかったかのように
おだやかに過ぎてゆく
六月の午後

ヘクソカヅラ

ヘクソカヅラが咲いている
屁と糞なんて
昔の人はなんてひどい名をつけたものか
などと思いながら
内側が赤紫の
乳白色の袋状の花を眺める
子供の頃この花はテングバナと呼ばれていた
唇のような袋の入口に唾をつけ
鼻の頭につけて天狗を気取った

ヘクソカヅラは蔓草
垣根や草にからみつき

口をすぼめた赤紫の花を点々とつけ
花綱となって木を草を飾っている

屁も糞も毎日の生活に必ずあるものだから
思えばとても庶民的な花だ
昔の人たちはもっと気軽に
俺たちと同じだという仲間意識から
こんな名をつけたのかもしれない
花にはもともと名はなかった
名付け行為は言葉を持つ人間の専売特許だ

ヘクソカヅラよ
お前をテングバナと呼んでもいいし
もっと美しく天使花と呼んでもいい
どちらでも同じことだ

お前は同じ姿かたち
同じ匂いを持っている
(そういえば確かに人好きのしない臭いだった)
一番暑い夏の盛りに上を向いた鈴蘭型の花を連ね
秋には黄土色の実をつける

今朝　川ほとりでお前を見かけたよ
朝曇りが過ぎれば
今日も暑くなるだろう

祈りの花

長く険しい道を辿ってきた
その果ての山道に立って
一息ついたとき
浮かんでくる祈り
そして呟き

どこまでも暗い空を背景に
月が出て
星が輝き
暗号のような星座を展げる

謎解きの気分で

空を見上げ
謎は宇宙にあるのではなく
人の心にあることに気づかされる

人が生き　そして消える
最後に残されたものは
祈り
ヒメマツヨイグサの香り

月の光を受けて
淡く
青く
薄黄色に輝く
たましい色の花

こころは

或る日は開き
或る日は閉じる
窓のように
扉のように

花びらのように
開いたり
閉じたり

開いたところに
光が差し込むこともあれば
思いもかけぬ矢が射込まれることもある

傷口から血液が流れ出し修復まで時間がかかる

しばらくは扉を閉ざす
内に籠り　自愛に耽り
守りを固める

独りの世界の中で
外の世界を呪い悪態をつくが
しばらくすると
外が恋しくなる

隙間から外をのぞく
外の世界は危険がいっぱい
だが魅力的
冒険心をくすぐられる

開いたり
閉じたり
わくわくしたり
ドキドキしたり
しながら

こころは
自分は独りではなかったと
自分に言い聞かせる

《初出一覧》

白い虹

単純な風景　「きんぐさり」16号　２０１３年12月

シスレーの風景　未発表

穴　「つむぐ」７号　２０１１年７月

猿島　五月　「つむぐ」８号　２０１２年７月

トンビの樹　未発表

岬にて　「小樽詩話会」52周年記念号　２０１５年12月

洞窟　「つむぐ」13号　２０１７年８月

虹のある風景　「漪《い》」34号　２０１２年11月

白い虹　未発表

物語る森　「つむぐ」13号　２０１７年８月

足跡　「小樽詩話会」５８０号　２０１５年５月

透きとおる　水色の　「岩魚」第７集　２０１６年６月

まだだ（Not Yet）　「漪」40号　２０１５年10月

春の夕暮　『埼玉詩集』第17集　２０１７年５月

捧げる詩

水鳥の舞　「つむぐ」8号　2012年7月
二億年前の石　「小樽詩話会」524号　2010年9月
石笛　「きんぐさり」10号　2010年12月
妖精の踊り　「つむぐ」8号　2012年7月
フレデリックの青空　「小樽詩話会」567号　2014年4月
深紅の虹　「小樽詩話会」530号　2011年3月
花束を持つ少女　「小樽詩話会」595号　2016年8月
青のために　「きんぐさり」15号　2013年6月
賢者　「漪」39号　2015年4月（初出タイトル「賢人」）
雪が降る　「小樽詩話会」574号　2014年11月
漂泊　「小樽詩話会」572号　2014年9月
額　未発表

祈りの花

いのちの洗濯　「小樽詩話会」569号　2014年6月
サン・キャッチャー　「きんぐさり」19号　2015年7月

沼の底　「つむぐ」12号　２０１６年８月

ラクリモーサ（ちいさきいのちのために）「つむぐ」11号　２０１５年８月

パブロ・カザルスの「鳥の歌」　「小樽詩話会」５８４号　２０１５年９月

冬の雨　「きんぐさり」19号　２０１５年７月

巻き戻す　「小樽詩話会」６０７号　２０１７年９月

佇む　『詩と思想』６月号　２０１７年６月

ほぐれる　「漪」41号　２０１６年５月

開花　未発表

そよぐ　未発表

ヘクソカヅラ　「小樽詩話会」５２６号　２０１０年１１月

祈りの花　「小樽詩話会」54周年記念号　２０１７年12月

こころは　「小樽詩話会」６０１号　２０１７年３月

あとがき

歳を重ねて、また新しい詩集を出版することになった。前回の『ひたひたひた』は東日本大震災のことが一番のテーマになっていたが、その後七年経っても、まだ福島の方々はたくさんの問題を抱えて暮らしている。日本の情勢も前より良くなったとは思えない。大震災直後の福島原子力発電所の事故の恐怖にも学ばず、わが日本は今なお原発に頼っている。生活保護者への生活費をカットして、北朝鮮のミサイルに対抗するための、私には理解できないような武器などを買うための支出は惜しまないという日本の現状である。

今回の詩集の中心はⅡ章の、誰かのために書いた「捧げる詩《うた》」である。それを囲むようにして風景をテーマにした詩と、その他の詩を置いてみた。また今回は初めて初出一覧を付けてみた。そこで気づかされたのは小樽詩話会に発表した詩の多いことである。二〇〇九年に小樽在住の長屋のり子さんと知り合い、彼女の縁で「小樽詩話会」に入会、ついでに彼女の兄の山尾三省氏(故人)が初代校長をしていた「NPO法人　東京自由大学」に入会。春の合宿や夏の北海道への旅など大変楽しい経験をさせていただいた。東京自由大学は今はやめてしまったが、最近まで鎌田東二氏が理事長をしていて、日本の未来のために多くの試みをしている。

私は長くE・M・フォースターを研究していたのだが、彼は人間関係を大切にする人であり、彼の影響もあって私は友人知人たちとの繋がりをとても大切に思っている。この詩集はそういう友人たちへ捧げる詩集と言えるだろう。「小樽詩話会」や「漪《い》」「つむぐ」「きんぐさり」の仲間たち、あるいは画家の友人たちとの交流の中で多くの詩が生まれた。感謝の気持ちでいっぱいである。

「白い虹」という詩集名は前詩集の時と同じく青娥書房社長の関根文範氏の提案で決まった。インターネットで検索すると「白い虹」には不吉なイメージもあるようだが、私自身は不吉なイメージではなく、すべての色を含んだ白という意味での「白い虹」、私に勇気を与えてくれる友人たちの光の総称としての「白い虹」である。

虹で思い出す詩はＷ・ワーズワスの「虹」である。「空に虹を見るとき／わが心は躍る」と始まるこの詩の中で、彼は虹に心躍らせた子供時代、大人になっても虹を見ると感動する現在に対して、「老年になってもそういう心を失いたくないものだ」と願い、「そういう心を失うくらいなら死んだ方がましである」と言う。そして締めは「子供は大人の父／わたしのこれからの一日一日が／自然への敬愛の念によって結ばれたものでありますように」という言葉で終わる。短い詩であるが全くその通りと共感する。詩を書く人間として自然や同胞への愛を最後まで持ち続け、それを詩の形で表現し続けたいものである。

お世話になりました書房の関根文範様、美しい絵を使わせていただいた五島三子男様、そして、この装画にさらに華を添えてまとめあげてくださった装丁の石川勝一様に心より御礼を申し上げます。

二〇一八年三月　姫宮にて　**向井千代子**

向井　千代子（むかい　ちよこ）
1943年　栃木県生まれ　白鷗大学名誉教授
「日本現代詩人会」「日本詩人クラブ」「埼玉詩人会」
「新英米文学会」会員
「小樽詩話会」会員　「漪《い》」同人
詩集『いぬふぐり』（むかいちよ名）『きんぽうげ』
『白木蓮』『ワイルド・クレマチス』『ひたひたひた』
童話集『夢の配達人』（むかいちよ名）

詩集　白い虹

発行日　２０１８年７月７日　第１刷
著　者　向井千代子
発行者　関根文範
発行所　青娥書房
東京都千代田区神田神保町２―10―27　〒101-0051
電　話０３（３２６４）２０２３
ＦＡＸ０３（３２６４）２０２４
印刷製本　モリモト印刷

ISBN978-4-7906-0357-3 C0092
＊定価はカバーに表示してあります